AF200600

DER ZOMBIEBÄR

von Maurice Herzig

Illustrationen:
Gerda Herzig

Herstellung und Verlag:
BoD - Books on Demand, Norderstedt
ISBN 978-3-7460-6462-8

Kapitel

Der skrupellose Mörder   05

Die Suche nach Heinrich und Laura   07

Der Unfall des Sheriffs   11

Ein seltsames Gesicht mit
roten Augen   15

Besuch von zwei fremden Jägern   18

Ein großes Unglück   21

Marvins Schicksal   25

Der verletzte Jäger   32

Zwischen dicken Felsen   34

Die Verfolgung des Mörders   38

Katastrophe um Katastrophe   47

Eine sichere Unterkunft   49

Die Erlösung   55

Doch wie wurde der Bär überhaupt
zu einem Zombiebären?   57

1
DER SKRUPELLOSE MÖRDER

Im Jahre 2017 ereignete sich in den USA eine furchtbare Geschichte. Ein Mörder namens Martin Achsenknecht war aus dem Gefängnis ausgebrochen. Das Wetter war mild und es waren viele Menschen unterwegs. Auf dem Weg begegnete er einem Lieferwagen. Der Fahrer hatte einen platten Reifen und Martin Achsenknecht bot sich an, bei dem Reifenwechsel zu helfen. Aber in Wirklichkeit brachte er den Fahrer kaltblütig um und vergrub ihn daraufhin im Straßengraben.

Eilig reparierte er den Reifen. Langsam, um nicht aufzufallen, fuhr er in die Stadt. Auf einem Rastplatz begegnete er einer Gruppe Menschen, die in den Wald gehen wollten. Er bot sich an, die Leute zu fahren. Sie nahmen sein Angebot an und so fuhr er sie in den Wald.

Auf einer Lichtung bauten sie ihr Zelt auf. Der Frühnebel hing noch in den Bäumen. Heinrich und Laura liefen los, um Feuerholz zu suchen. Sie kamen immer tiefer in den Wald, als sie merkten, dass sie sich verirrt hatten. Plötzlich hörten sie ein Geräusch. Schnell versteckten sie sich hinter einem großen Stein.

Laut brummend lief ein Bär drei Meter an ihnen vorbei. Die beiden wagten nicht zu atmen. Erst, als sich die Vögel wieder ruhig auf die Bäume setzten, kamen sie wieder aus ihrem Versteck heraus.

2
Die Suche nach Heinrich und Laura

Nachdem schon ein Tag und eine Nacht vergangen waren, beschloss Peter, der beste Freund von Heinrich, auf die Suche zu gehen. Gut, dass er seinen Kompass von zu Hause mitgenommen hatte. Damit hoffte er, sich nicht so leicht zu verirren. Er lief ungefähr zwei Stunden auf einem Waldweg geradeaus. Dann begegneten ihm zwei Waldarbeiter, die er fragte, ob sie Heinrich und Laura gesehen haben. Aber die beiden waren so in ihre Arbeit vertieft; sie hatten keine Ahnung.

Als Peter am Flusstal ankam, traf er auf Fischer. Es war ein guter Tag zum Fischen, das Wetter war schön. Jeder Mann hatte eine Harpune mit. Plötzlich flüsterte einer: „Da schwimmt ein riesiger Wels!"

„Schieß!", zischte ein anderer. Und dann traf die Harpune den Wels hinter dem Kopf.

Die drei Fischer luden Peter zum Essen ein. Er hatte aber keine Ruhe mehr, er wollte lieber weiter auf die Suche gehen.

Zurück im Wald, stolperte Peter über Bärenkot. Er war sehr vorsichtig und dachte sich: „Hoffentlich ist der Bär schon weit weg."

Als er in einem lichten Wald aus Kiefern und Birken ankam, suchte er weiter aufgeregt nach Spuren.

Langsam wurde es dunkel, da beschloss Peter, lieber wieder Richtung Zeltplatz zu gehen, denn er hatte großen Hunger.

Als er am Zeltplatz angekommen war, saßen die Menschen am Lagerfeuer. Aufgeregt erzählten sie, dass Anna und Lisa losgegangen sind. Sie wollten in der anderen Richtung suchen. Peter erzählte ihnen von dem Bärenkot und, dass sie alle in großer Gefahr schweben.

Sie waren der Meinung, der Sheriff müsse eingeschaltet werden. Peter sagte: „Die Suche mit Suchhunden wäre bestimmt erfolgreich." Der Wind stand günstig, sodass der Bär sie nicht wittern konnte.

3
DER UNFALL DES SHERIFFS

Früh am nächsten Morgen gingen sie los.
Claudia blieb da. Sie wünschte ihnen viel
Glück und, dass sie gesund
zurückkommen. Zügig wanderten sie über
die Hochebene, blieben aber dicht
zusammen.

Der Sheriff, inzwischen bei der Gruppe
angekommen, schrie auf einmal laut auf.
Er hatte sich schwer an einem spitzen Ast
verletzt. Somit beschlossen sie, das erste
Nachtlager aufzuschlagen. In der Nacht
bekam der Sheriff hohes Fieber und sein
Fuß schmerzte sehr. „Hoffentlich kann ich
meinen Fuß bald wieder richtig
gebrauchen, ich muss schleunigst den
ausgebrochenen Mörder finden", dachte er
sich voller Sorgen.

Franko, der Älteste aus der Gruppe, war

schon viele Jahre beim Roten Kreuz tätig, somit konnte er den Verletzten versorgen und ihm etwas gegen die Schmerzen geben. Laufen konnte der Sheriff aber nicht. Die beiden Jüngsten, Anton und Paul, bauten eiligst ein Gerüst aus robusten Ästen, auf dem sie den Verletzten transportieren konnten. Währenddessen suchten Lara und Paula ein paar Waldbeeren, um ein wenig ihren Hunger zu stillen. Sie mussten jetzt durch das Flusstal und den Rückweg antreten.

Plötzlich schrie Anton: „Dort liegt ein Mann im Wasser, er ist bestimmt tot!" Peter bestätigte: „Dem ist nicht mehr zu helfen. Schaut nur, er blutet am Hals. Es sieht so aus, als sei er gebissen worden." Traurig liefen sie weiter über das Hochland. Völlig erschöpft kamen sie dann endlich auf der Lichtung an.

Claudia war sehr erleichtert, als sie ihre Freunde gesund wiedersah. Eilig kochte sie Tee und als sie zusammen am Lagerfeuer saßen, herrschte eine unheimliche Stille. Kein Lufthauch wehte, nicht einmal ein Vogel flog am Himmel. Franko, der Älteste, schluchzte: „Es liegt Gefahr in der Luft, das spüre ich genau."

Piet legte neues Holz auf die Feuerstelle, damit das Feuer tüchtig brannte. Er wusste, dass sich wilde Tiere vor Feuer fürchten.

14

Franziska sagte: „Das bedeutet nichts Gutes." Robert holte lieber sein Gewehr aus dem Zelt und legte es neben sich. Der Sheriff war schon eingeschlafen. Die Schmerzen hatten seine Kräfte aufgezehrt. Plötzlich hörten sie ein leises Brummen. Ein unbehagliches Gefühl beschlich sie.

4
Ein seltsames Gesicht mit roten Augen

Alle, die um die Feuerstelle herumsaßen, spürten, dass von irgendwo Gefahr drohte. Aber woher, wusste niemand. Auf einmal schrie Franziska so laut sie konnte: „Da im Gebüsch bewegt sich Etwas, ein seltsames Gesicht mit roten Augen hat uns belauert!" Piet reagierte schnell und warf mit dicken, schwarzen Steinen in die Richtung. Besorgt meinte Robert: „Heute Nacht können wir nicht alle gleichzeitig schlafen, einer muss immer Wache halten."

Piet kümmerte sich um das Feuer. Es durfte auf keinen Fall ausgehen.

Am nächsten Morgen beschlossen sie, auf die Berghöhe zu gehen, dort konnten sie alles besser überblicken. Es war ein sehr beschwerlicher Weg. Inzwischen hatten sich dunkle Wolken gebildet und es begann zu regnen. Auf halber Höhe kamen sie an einem Höhleneingang an, leider war er mit großen Steinen verschlossen. Vor der Höhle lag alter Bärenkot. Franko sagte: "Hier war lange kein Bär." Zuerst mussten sie die Steine wegräumen. Endlich konnten sie den Sheriff in die Höhle bringen.

Als der Regen nachließ, gingen Piet und Robert auf die Jagd. Annabelle suchte trockenes Gesträuch zusammen. Sie mussten dringend ein Lagerfeuer machen zum Schutz gegen Raubtiere. Marvin legte immer wieder trockene Hölzer nach, bis die Glut kräftig genug war.

Jan und Johann kamen mit einer kleinen Beute zurück. Der Hunger war groß und bald garten sie das Fleisch über der Flamme.

Als sie gegessen hatten, wollten sie gleich wieder auf die Jagd gehen. Der Magen knurrte noch immer. Faskon erklärte: „Wenn wir frischen Bärenkot finden, müssen wir wohl umkehren. Zu zweit können wir uns nicht auf einen Bären einlassen."

Karl ging als Erster tiefer in die Höhle hinein. Mit seiner großen Taschenlampe leuchtete er in jede Ecke und in jeden Winkel. In den Ecken lagen Überreste von toten Tieren. Der Höhlenboden war nass und aus den Spalten der Decke tropfte Wasser. Er hatte ein ungutes Gefühl.

Die älteste der Frauen kümmerte sich um den Sheriff. Er hatte Hunger. Maria sagte froh: „Das ist ein gutes Zeichen." Sie hatte eine Fleischbrühe gekocht, davon konnte er wieder zu Kräften kommen. Von einer nahegelegenen Quelle hatte Marvin frisches Wasser geholt, damit sich der Sheriff waschen konnte. Maria betupfte vorsichtig die Ränder seiner Fußwunde. In diesem Augenblick kam Franko in die Höhle: „Tragt ihn nach draußen, die frische Luft wird ihm gut tun."

5
BESUCH VON ZWEI FREMDEN JÄGERN

Fünf Tage und fünf Nächte hatten sie nun schon in der Höhle ausgeharrt. Die Sorgen um Heinrich und Laura wurden immer größer. „Jetzt müssen wir handeln", beschloss Karl. Er sah den Hang hinunter und sah zwei fremde Jäger herankommen. Sie freuten sich alle sehr, endlich hatten sie jemanden, der ihnen helfen konnte.

Bei einem warmen Getränk erzählten sie alles von Heinrich und Laura und, dass sie immer noch verschwunden sind. Maria berichtete: „Auf dem Zeltplatz ist uns ein gruseliges Wesen erschienen. Wir wissen nicht, was es war, aber wir haben große Angst."

Die Jäger erklärten sich bereit, auf die Suche zu gehen - aber alleine. Mit ihrer Erfahrung werden sie die Vermissten schon finden. Karl fragte prompt: „Seid ihr unterwegs einem Bären begegnet?" Aber die Jäger haben keinen Bären gesehen.

Am nächsten Morgen machten sie sich auf den Weg. Marvin versorgte das Feuer und blickte ihnen nach, bis sie letztlich verschwunden waren.

Sie mussten sehr wachsam sein. Plötzlich hörten sie ein Geräusch: „Was ist das", fragte der ältere Jäger. Die beiden warteten geduldig und regungslos ab.

Zwei Hirschkühe und zwei Kälber liefen an ihnen vorbei. Ein großer Hirsch folgte ihnen. Alle waren auf dem Weg zu einer

Wasserstelle. Beide Jäger waren froh, dass sie weitersuchen konnten. Der Tag verging, ohne, dass sich etwas Besonderes ereignete. Aber umso schlimmer kam es schon bald darauf.

Auf einer kleinen Lichtung erlebten sie eine unliebsame Überraschung.

Überall lagen Hirschreste. „Wer hat denn hier gehaust", fragte der ältere Jäger. Daraufhin der Jüngere: „Das war wohl ein sehr hungriger Fresser." Nur die Geweihe waren unversehrt. Auf einmal fanden sie Spuren von einem Bären, die noch frisch waren. Sie fühlten sich nicht mehr sicher und machten lieber ein Feuer am Rande des Waldes.

Warmes Licht lag über der Feuerstelle. Die beiden erfahrenen Jäger genossen die Ruhe. Sie erzählten sich von früher, wie sie damals gejagt haben. Dann schliefen sie ein.

6
EIN GROßES UNGLÜCK

Am nächsten Morgen machten sie einen Plan, wie sie gehen sollten. „Der Weg ist nicht mehr weit", sagte der Jüngere. Der Ältere war schon unzufrieden: „Man kommt nicht zur Jagd, immer sind wir nur auf der Suche!"
Nach einer Stunde kamen sie immer tiefer in den Wald hinein.

Plötzlich rief der Ältere erschrocken: „Sieh dir das an!" Er blieb wie angewurzelt stehen. Vor ihnen lagen die Überreste von Personen. Sofort wussten sie, dass es nur die Überreste von Heinrich und Laura sein konnten. Hier war ein großes Unglück geschehen. Die beiden machten sich schnell auf den Rückweg, um der Gruppe diese traurige Nachricht zu überbringen.

Auf ihrem Weg sahen sie einen Wolf, der mit einem Fuß hinkte. Sicher war er in eine Falle getreten. Der ältere Jäger sagte: „Erlösen wir ihn von seinen Schmerzen." Mit einem einzigen Schuss hat er ihn erlegt und warf das tote Tier über seine Schulter.

Die beiden Jäger wollten so schnell sie konnten zur Höhle zurück, schon bald erreichten sie das Vorland der Berge. Sie eilten sich sehr, als der Ältere der beiden fragte: „Hörst du auch Menschenstimmen?" Nur kurze Zeit später sahen sie das Feuer vor der Höhle. Alle kamen schnell und voller Neugier angelaufen. Erschrocken und verstört hörten sie die grausame Geschichte. Entsetzt saßen sie um das Feuer herum und viele von ihnen mussten sehr weinen.

Am nächsten Morgen, nachdem die Sonne wieder aufging, machten Maria und Karl den Wolf zum Braten fertig. Sie brauchten unbedingt alle eine Stärkung. Nach dem Essen beschlossen Marvin, Franko und Piet, auf die Jagd zu gehen. Leider hatten sie keine Gewehre dabei, also gingen sie zum Fischen. Mit zwei Harpunen liefen sie los: „Vielleicht können wir wenigstens ein paar Fische fangen", sagte Franko hoffnungsvoll. Südlich der Stromschnellen gab es einen guten Fangplatz. Marvin sah auf die gegenüberliegende Seite. Ein eigenartiges Wesen schaute aus dem Schiff heraus.

Auch wenn sie gerade erst zwei Fische gefangen hatten, machten sie sich lieber auf den Rückweg. Sie hatten dieses gruselige Tier schon einmal auf dem Zeltplatz gesehen. Am Feuer vor der Höhle fühlten sie sich sicher. In dieser Nacht machten sie kein Auge zu. Sie rückten nah zusammen und Karl hielt mit der Taschenlampe Wache.

Zwei Tage und Nächte prasselte schon Regen vom Himmel herunter, als der Sheriff sagte: „Es wird langsam Zeit, dass ich meine Füße wieder bewege. Morgen werde ich ein paar Schritte probieren, es geht mir schon ganz gut."

Aufgeregt sprang plötzlich Piet in der Höhle herum, denn es klapperte und knirschte etwas. Panisch fragte er: „Was war das, Leute?" Marvin leuchtete mit der Taschenlampe und entdeckte eine riesige Schlange. Zum Glück hatte Marvin schon viele Schlangen gefangen. Mit einem Griff fasste er sie am Kopf und brachte sie gekonnt nach draußen.

Als der Regen nachließ, legten sie wieder Steinbrocken vor die Höhle und gingen los. Kein Lufthauch wehte und es war eine unheimliche Stille. In ihren Gesichtern zeigte sich Angst. Alle blieben eng beieinander. Bis zum Abend wollten sie die Jägersiedlung erreichen.

7
Marvins Schicksal

Das Laufen machte dem Sheriff noch
Beschwerden. Er schonte das Bein, indem
er sich auf zwei Stöcke stützte. „Es wird
Zeit für ein richtiges Essen", sagte Maria.
„Mir ist schon ganz flau im Magen."
Die Jäger schossen zwei große Vögel. Sie
rupften sie und garten sie über einem
kleinen Feuer. Dann kam das letzte Stück
des Weges. Nicht mehr lange und sie
sahen die Jägersiedlung.

Die Jäger in der Siedlung freuten sich sehr,
als sie die Menschen sahen. Sie erzählten
sich alles, was sie erlebt haben. Die Jäger
meinten: „Hier ist lange kein Bär gewesen.
Auch Bärenkot haben wir nicht gefunden."

Die Tage vergingen, ohne, dass sich etwas
Besonderes ereignete. Nun mussten die
Jäger aber wieder zur Jagd aufbrechen.

Vier Jäger und Marvin, den sie mitnahmen, brachen auf. Einer führte die Gruppe an. Als sie ein Stück im Wald waren, sahen sie Fuchsfallen. Die Jäger mochten solche Fallen nicht, denn die Tiere geraten mit den Vorderpfoten hinein und können sich nicht mehr befreien. Sie werden dann von Wilderern geholt oder von anderen, wilden Tieren gefressen.

Die Jäger waren gerade damit beschäftigt, die Fallen zu zerstören, als einer zu Marvin sagte: „Ich habe einen Auftrag für dich. Wir müssen für ein Nachtlager sorgen, hol' du doch bitte Zweige und trockenes Holz, damit wir später ein Feuer machen können." Marvin entfernte sich nur ein paar Meter von den Jägern.

Die Dämmerung brach schon langsam herein. Marvin erfasste ein unwohles Gefühl, eine unheimliche Angst beschlich ihn. Und als er über einen Wacholderbusch sah, stand plötzlich ein brauner Riese vor ihm. Ein Bär, der aber nicht wie ein gewöhnlicher Bär aussah. Er hatte rote Augen und ein weit aufgerissenes Maul, aus dem weißer Schaum herauslief. Marvin wollte sich noch schnell auf einem Baum verstecken, aber das Unglück nahm seinen Lauf. Es war eine Falle. Mit einem Sprung hat ihn das unheimliche Tier geschnappt und sein Schicksal war besiegelt.

Er schleifte den leblosen Körper bis in eine nahegelegene Hütte.

Die Jäger beschlossen, nach Marvin zu suchen. Sie teilten sich auf und jeder ging in eine andere Richtung. Als niemand eine Spur von Marvin fand, fragte der Jüngste mit zittriger Stimme: „Was ist mit Marvin? Ist er tot?" Sie beschlossen, dazubleiben und ein Feuer zu machen. „Morgen, beim ersten Licht, suchen wir weiter", entschieden sie.

Der Zombiebär war den Jägern schon länger gefolgt. Aus sicherer Entfernung wurden sie von zwei rötlichen Augen beobachtet.

Einer der Jäger hielt Wache und kümmerte sich um das Feuer. Bald wurde es Nacht und die Männer schliefen am Feuer ein. Am nächsten Tag ging die Jagdgruppe wieder auf die Suche, obwohl es in Strömen regnete. Sie freuten sich, als am Tag darauf die Sonne herauskam und alles wieder trocknete. Sie verließen den Wald und gingen über einen steinigen Weg und

Geröll, bis einer eine alte Hütte sah. „Hier können wir Rast machen und uns etwas zu Essen beschaffen", sagte der Älteste.

Als sie die Tür aufgemacht haben, blieben sie wie gelähmt stehen. Auf dem Boden lagen Reste von Marvins Kleidung. Sie erkannten seine Mütze und seinen Rucksack. Jetzt war es Gewissheit: Marvin war einem unheimlichen Wesen zum Opfer gefallen.

Die Jäger waren starr vor Schreck. Sie horchten in die Stille. Einer fragte: „Woher kommt die Gefahr?" Aber die Gefahr war noch unsichtbar, man spürte sie nur.

Die Männer hatten nicht mehr viel Kraft, sie brauchten unbedingt eine Mahlzeit. Der älteste Jäger sagte: „Wir gehen am besten zurück zur Siedlung, da sind wir in Sicherheit."

Unterwegs pflückten sie noch Waldbeeren und Pilze.

31

8
DER VERLETZTE JÄGER

Die Jägersiedlung lag auf der Böschung des Flusses. An diesem Tag wurde es nicht richtig hell. Plötzlich kam ein fremder Jäger die Flussböschung hinauf. Maria fragte: „Droht uns ein Überfall?" Doch sie merkten schnell, dass der Jäger schwer verletzt war. Vor Schmerz ließ er sein Gewehr fallen, an das er sich geklammert hatte. Er war kraftlos und konnte sich nur noch wenige Meter den Hang hinaufschleppen. Eilig rief Maria um Hilfe. Ein paar Männer kamen schnell und trugen ihn in ein Zelt. Als sie seine Jacke auszogen, sahen sie, dass er viele Wunden hatte. Er blutete und zitterte.

3 Tage und 3 Nächte pflegten die Frauen den fremden Jäger. Sie versorgten seine Wunden und gaben ihm Brot und Wasser. Am 4. Tag versuchte er sich aufzurichten.

Maria fragte: „Hörst du mich, Fremder? Wer bist du und was machst du in unserem Jagdgebiet? Erzähle, was hast du Schlimmes erlebt und woher kommen deine Verletzungen?" Aufgeregt fing der fremde Jäger an zu erzählen.

„Ich war unterwegs, da hatte ich auf einmal einen riesigen Hunger und als ich am Flussufer ankam, wollte ich mir einen Fisch fangen. Plötzlich packte mich ein unheimliches Wesen, das wie ein Bär aussah, aber rote Augen und Schaum im Maul hatte. Das Vieh riss sein Maul weit auf und biss mich ein paar Mal. Ich hatte panische Todesangst, doch im letzten Moment konnte ich ihm meinen Pfeffer in die Augen streuen, den ich für den Fisch dabei hatte. Das unheimliche Ding schrie und konnte nichts mehr sehen. Diesen Moment nutzte ich und floh. Aber meine Angst bleibt, diesem Ungeheuer noch einmal zu begegnen."

9
ZWISCHEN DICKEN FELSEN

Am nächsten Tag im Morgengrauen vermissten sie Piet. Er war nicht in seinem Nachtlager und seine Harpune war auch nicht zu finden. Maria fragte nervös: „Was sollen wir jetzt tun?" Piet war noch ein junger Mann und wollte sich nicht in die Gemeinschaft einordnen. Peter sagte: „Ich glaube, er ist zum Flussufer gegangen. Er hatte einmal davon gesprochen. Komm, Karl, wir gehen ihn suchen." Gut, so machen wir es", antwortete Karl. Dann gingen sie los.

Sie mussten ein Steinfeld überqueren. Zwischen dicken Felsen wuchsen nur Sträucher und Wacholder. Plötzlich schrie Karl: „Schau mal da oben auf dem Felsen, da ist Blut!" Ihm war unbehaglich, als ahnte er etwas. „Hier hat bestimmt ein Kampf stattgefunden." Erschrocken und verstört standen sie zwischen den Steinen.

Peter wurde es übel, er sah frischen Bärenkot. Sie schlichen jetzt von Stein zu Stein.

Als sie am Rande des Steinfeldes ankamen, sahen sie Piet zwischen den Felsen liegen. Er sah ganz furchtbar aus, ein schlimmer Anblick. Plötzlich bewegte sich etwas zwischen den Steinfelsen. Schon im nächsten Moment sahen sie den Zombiebären mit seinen roten Augen.
Peter schrie: „Wir müssen schnell handeln!" Er zündete ein Stück trockenes Holz an. Es brannte wie eine Fackel. Aus Angst vor dem Feuer machte sich das unheimliche Wesen davon und verschwand in der Dämmerung.

Die Jäger beschlossen, Piet mitzunehmen und ihn in der Jägersiedlung zu begraben. Sie trugen ihn gemeinsam, denn allein war er eine zu schwere Last. Die erfahrenen Jäger hatten Ausdauer, auch wenn ihre

Muskeln schmerzten, und als sie in die Nähe der Siedlung kamen, wurden sie schon aufgeregt erwartet.

„Was ist passiert? Was habt ihr erlebt?" Karl erzählte: „Erinnert ihr euch noch an das Wesen beim Zeltplatz, mit roten Augen und Schaum vor dem Mund? Wir haben es wieder getroffen! Es war ein Bär, aber so einen haben wir noch nie gesehen." Lange erzählten sie nicht. Sie waren wahnsinnig müde und froh, dass sie sich endlich hinlegen konnten. Piet legten sie unter ein großes Tuch und wollten ihn am Tag darauf beerdigen.

Am nächsten Morgen stand Lisa als Erste auf. Sie wollte an der nahen Quelle Wasser für Tee holen. Ein paar Meter musste sie durch Wacholderbüsche und Gesträuch. Jetzt hörte sie hinter sich ein Geräusch.

Sie kam dem Geräusch näher und sah einen Wolf. Aus Leibeskräften fing sie an zu schreien. Da änderte der Wolf seine Richtung. Er hatte wahrscheinlich noch keine menschliche Stimme gehört. So schnell sie konnte füllte sie den Krug mit Wasser und lief zurück. Alle waren schon wach und schimpften: „Du hast dich ohne ein Wort zu sagen von uns entfernt. Wo warst du? Wir haben uns schon Sorgen gemacht!"

Der Sheriff hatte nun genug vom Herumsitzen. Er rief in der Stadt an und ließ noch drei Polizisten kommen. Er wollte endlich den Mörder suchen. Doch was sie die ganze Zeit über nicht bemerkt hatten: Der Mörder war unter ihnen.

10
DIE VERFOLGUNG DES MÖRDERS

Als er hörte, dass er gesucht werden sollte, plante er, heimlich zu flüchten. In einem unbeobachteten Moment machte er sich so schnell er konnte auf den Weg zur Hochebene. Vom schnellen Laufen war er so erschöpft wie nie zuvor. Er musste unbedingt Rast machen. Nach ein paar Schritten entdeckte er eine Höhle. Bevor er hineinging, suchte er den Boden lieber nach Bärenkot ab, aber er fand keinen.

Er fühlte sich sicher, denn es roch auch nicht nach Bär. Schon bald schlief er ein.

Früh am nächsten Morgen, als er aufwachte, war er verwirrt und dachte sich: „Wo bin ich hier?" Der Sheriff und die Polizisten hatten inzwischen die Suche nach ihm begonnen. Als er sie draußen vor der Höhle hörte, gab er verzweifelt einen Schuss ab. Leider musste er feststellen,

keine weiteren Patronen mehr im Revolver zu haben. Und als er noch in Gedanken war und nicht aufpasste, näherte sich ihm der Sheriff, gab einen gezielten Schuss ab und traf den Mörder mitten ins Herz.
Wie sich später herausstellte, hatte er in der Vergangenheit schon viele andere Verbrechen begangen.

Nachdem der Sheriff seine Arbeit erledigt hatte, musste er mit seinen Leuten wieder zurück in die Stadt. Davor wollte er aber nochmal gründlich die Umgebung überprüfen, ob auch wirklich alles in Ordnung war.

Als er den kleinen Sandweg entlangging, hörte er ein unheimliches Geräusch. Er blieb einen Moment stehen und horchte. In diesem Moment sprang ihn etwas von hinten an und umklammerte ihn. Zum Glück konnte er aber mit einer Hand nach seinem Revolver greifen und schoss einen

Warnschuss in die Luft. Er wurde losgelassen und als er sich umdrehte, sah er, dass es der Zombiebär war, der jetzt abhaute. Der Sheriff war froh, diesen Angriff überlebt zu haben.

Die Menschen in der Jägersiedlung hatten keinen Fleischvorrat mehr. So beschloss der älteste Jäger, jagen zu gehen. Der Wind stand günstig, also machten sie sich auf den Weg von den Berghängen hinab zum Fluss. Dort lauerten sie an der Tränke. Meist kommen die Tiere in der Abenddämmerung zum Wasser. Ein Jäger kletterte auf einen Baum, von dort aus konnte er alles überblicken. Man musste nur geduldig sein und sich nicht zu viel bewegen.

41

Es wurde schon langsam ein bisschen dunkler und schon kamen Hirschkühe und Kälber zur Tränke. Zuletzt kamen noch vier große Hirsche. Der Jäger auf dem Baum erledigte mit einem Schuss den stärksten Hirsch. Er war sofort tot. Sie banden das erlegte Tier auf zwei massive Äste, denn so konnten sie es gut tragen.

Als sie mit dem Fleisch zurückkehrten, war es bereits ziemlich dunkel. Die Frauen hatten sich gut um das Feuer gekümmert. Nachdem der jüngste Jäger den Hirsch ausgenommen und das Fleisch zurechtgeschnitten hatte, konnten sie es endlich braten. Maria sagte: „Das viele Fleisch reicht für uns alle."

Nach dem arbeitsreichen Essen, schliefen die Jäger, müde und kraftlos, kurze Zeit später ein.

Am frühen Morgen waren die Frauen nach Süden gegangen. Im lichten Kiefernwald gab es reichlich trockene Äste. Sie hatten ein großes Bündel zusammengeschnürt und auf den Rücken geladen. Als sie den Kiefernwald verlassen haben, sahen sie einen riesigen Mann am Ufer. Ein Fuchs lag über seinen Schultern. Er hatte ein Scharfschützengewehr umhängen und erzählte den Frauen, dass er ein Jäger ist. Die Frauen freuten sich, dass sie einem so starken Jäger begegnet sind. Sie fragten ihn: „Was können wir tun, dass du mit uns kommst?" Dem Jäger fiel schnell etwas ein: „Ihr könntet mir helfen, den Fuchs zuzubereiten. Ich habe schon sehr lange nichts mehr gegessen."

Auf dem Weg zurück zum Zeltplatz erzählten sie ihm, in welcher Gefahr sie alle waren. Die Freude war riesig, als sie am Zeltplatz ankamen. Sie hatten sich viel zu erzählen. Später haben sie nichts mehr machen können, denn ihre Kräfte waren verbraucht. Ohne Essen sind sie eingeschlafen.

Der nächste Tag war ein sonniger Tag. Sie machten sich gleich an die Arbeit, den Fuchs zu verarbeiten. Zwei Frauen suchten dazu noch Kräuter und Wurzeln in den Flusswiesen. Es war Zeit für ein richtig gutes Essen. Anna und Lisa deckten den schmalen Tisch und sie ließen es sich gut gehen. Der neue, starke Jäger begann zu reden. Er war schon viele Jahre auf einem Schloss angestellt, als Jäger in einem riesigen Schlosswald. „Ich gebe euch den dringenden Rat: Kommt mit mir, hier seid ihr nicht sicher." Sie überlegten nicht lange. Eilig packten sie ihre Sachen und der starke Jäger führte sie am Fluss entlang nach Norden. Er machte extra kleine Schritte, damit sie alle mitkamen. Der sandige Weg ließ sie aber gut vorankommen. Der Fluss nahm einen geraden Weg und man konnte schon weit schauen. Plötzlich jammerte Annabelle, denn sie hatte große Blasen an den Füßen. So beschlossen sie, zu pausieren und ein kleines Nachtlager zu errichten. Der Jäger hatte noch ein paar Hasenfelle, die er den Frauen gab. Darauf konnten sie ihre Köpfe legen. Er machte noch ein kleines Feuer, damit sich keine wilden Tiere näherten. Jedoch wurden sie aus sicherer Entfernung von zwei rötlichen Augen beobachtet – der Zombiebär hatte längst ihre Spur aufgenommen.

Am nächsten Tag im Morgengrauen wollten sie sich weiter auf den Weg machen, doch der Magen knurrte ihnen sehr. Mit seinen scharfen Augen sah der Jäger eine Ente, die so sehr in ihre Futtersuche vertieft war, dass sie nicht genug aufpasste.

Claudia rupfte den Vogel, dann wurde er über dem Feuer gegart. Jeder bekam nur ein kleines Stück.

Immer noch hungrig sagte Claudia: „Eigentlich könnte ich noch einen ganzen Wolf essen!"

Der Jäger antwortete: „Wir müssen jetzt aufbrechen und noch einen Hang überqueren, danach ist es nur noch ein kleines Stück."

Zwei Stunden später rief der Jäger: „Ich sehe den Wald, der Weg ist nicht mehr lang!" Sie legten noch einmal eine kurze Rast ein und stärkten sich mit getrocknetem Fleisch. Kurze Zeit später waren sie im Wald angekommen.

Ein Reh sprang erschreckt durch die Hecken. Der Weg führte auf einem ziemlich dunklen Waldweg entlang, da erschien eine wunderschöne Wiese. Auf der Wiese stand ein großer Hochstand und sie war mit einem Zaun eingezäunt. In der Mitte war noch ein großer Holztisch mit zwei Bänken. Alle waren überrascht von dem schönen Platz. Eine Feuerstelle war auch schon da. „Wo sollen wir schlafen", fragte Lara. Der starke Jäger holte zwei außergewöhnlich große Zelte, in denen sie alle genug Platz fanden.

11
KatastROPHE UM KatastROPHE

Im Zelt hatten sie Angst, sie würden bald sterben. Aber der Zombiebär kam nicht. Leider mussten sie noch einmal auf die Jagd gehen, da ihnen das Essen nicht mehr reichte. Diesmal wollte Gertrud mitgehen, um noch ein paar Beeren zu sammeln. Als es schon langsam dunkel wurde, hörten sie plötzlich laute Schreie.

Der Zombiebär war ihnen gefolgt. Er hat Gertrud entdeckt und sie brutal angefallen. Sofort kamen ihre Freunde zur Hilfe. Mit dicken Stöcken schlugen sie auf ihn ein, bis er sie losließ und davonlief. Doch Gertrud war so schlimm verletzt, dass sie kurz darauf starb.

Alle waren geschockt, das sah man in ihren Gesichtern. Sie redeten nicht, für ein paar Minuten war es völlig still. Dann gingen sie, Gertrud nahmen sie mit.

48

12
EINE SICHERE UNTERKUNFT

Es wurde abends schon sehr kalt und sehr dunkel. Plötzlich kam der Verwalter des Schlosses zu ihnen. Er überreichte ihnen einen Brief. Der Jüngste von ihnen las ihn vor. Sie konnten es kaum glauben: Der Besitzer des Schlosses lud sie ein, in seinem Gasthaus zu wohnen. Ihm war das Schloss längst zu groß und er fühlte sich sehr einsam. Die Freude war riesengroß und schnell packten sie ihre Sachen zusammen. In Wirklichkeit hatte der Schlossherr auch Angst vor dem Zombiebären und wollte nicht allein sein. Alle suchten sich ein Plätzchen zum Schlafen.

Draußen war ein fürchterlicher Sturm aufgekommen und der Wind pfiff durch die Ritzen der Holzwände. Der älteste Jäger konnte nicht schlafen. Er wälzte sich hin und her. So beschloss er, auf die Toilette zu gehen. Plötzlich hörte er draußen etwas knacken.

Der Regen peitschte an das Fenster. In diesem Augenblick blieb ihm vor Schreck fast das Herz stehen, als ein finsteres, gruseliges Gesicht zu ihm hereinschaute. So schnell er konnte ließ er die Rollläden herunter. In dieser Nacht konnte er nicht mehr schlafen.

Am nächsten Morgen wachten die anderen schon früh auf. Der Jäger wusste nicht, wie er es ihnen sagen sollte. Langsam fing er an zu erzählen, was er in dieser Nacht erlebt hat.

Nachdem sie gefrühstückt hatten, machten sie einen Plan. Als erstes vernagelten sie die Fenster mit Brettern und alle Türen, bis auf eine, die sie selbst noch benutzen wollten.

Die Menschen im Gästehaus fühlten sich auf einmal müde und schlapp und bald hatten alle Fieber. Keiner konnte das Haus verlassen.

Der Verwalter kümmerte sich sofort um alles, brachte Medizin und heißen Tee. Alle waren sehr schweigsam. Der Schock saß ihnen noch in den Gliedern. Draußen war es sehr kalt und für die Nacht war eine Sturmwarnung vorausgesagt.

Der Sturm blies immer wütender und man hörte es draußen krachen. Nach fünf Minuten sagte der Verwalter: „Hoffentlich kommt das Dach nicht herunter." Nun klopfte es und der Schlossherr kam hereingestolpert. In den Händen hielt er ein Gewehr, doch leider konnte er nicht mehr damit schießen. Nach seinem Reitunfall war sein rechter Arm nicht mehr gesund geworden.

Auf dem Weg zurück ins Schloss, begleiteten den Schlossherrn zwei Jäger. Von weitem sahen sie voller Entsetzen die große Eingangstür, die weit offen stand. Die Vögel flogen aufgeregt herum.

Irgendetwas hatte sie aufgeschreckt. Sie schlichen die Wand entlang zu der offenen Tür. Sie schafften es, die Tür zuzuschlagen und sie abzuschließen. Durch das Fenster sahen sie einen Schatten, es war ein grausiger Anblick. Rote Augen leuchteten im Mondlicht. Jetzt wussten sie es ganz sicher: Der Zombiebär war eingebrochen!

In der großen Halle war ein widerlicher Geruch, überall hatte er mit seinem Speichel herumgesabbert. Der Schlossherr holte sein großes Fernglas und suchte nervös den Schlosshof ab, ob sich der Zombiebär noch herumtreibt. Die Jäger blieben zur Sicherheit über Nacht im Schloss.

Am nächsten Morgen waren beim Frühstück alle sehr schweigsam. Plötzlich hörten sie ein lautes Geräusch vor der Tür. Der Schlossherr sagte: „Lasst uns nachsehen, wer draußen ist."
Alle machten große Augen, denn draußen waren zwei Jäger. Sie fragten: „Ihr habt doch bestimmt großen Hunger, oder?" Sie hatten ein Körbchen mit leckeren belegten Broten und Getränken dabei. Zusammen setzten sie sich alle an einen langen Tisch und bedienten sich. Die Jäger sagten: „Jetzt haben wir uns aber lang genug ausgeruht, wir müssen etwas unternehmen."

Bald darauf verließen sie alle das Schloss. Zuerst gingen sie zum Gästehaus, denn sie mussten sich noch absprechen, wie sie vorgehen wollten. Einer fragte: „Was sollen wir jetzt tun?" „Wir müssen herausfinden, wo sich der Zombiebär versteckt."

Der Schlossherr erinnerte sich, dass es am Südhang eine alte Ruine gibt, wo er sich verstecken könnte. Schnell machten sie sich auf den Weg. Die Bäume standen hier sehr dicht, sodass man kaum etwas sehen konnte.

Der Schrei einer Eule machte sie ganz nervös. Unten auf einer Lichtung machten sie schon einmal ihre Gewehre bereit. Vor ihnen bewegte sich etwas im Gebüsch. Doch es war nur ein Hase.

Gerne hätten sie geschossen, aber das ging nicht, sonst hätten sie sich verraten. Ein Jäger schrie plötzlich: „Hier ist Bärenkot, der Zombiebär muss hier irgendwo sein!" Sie gingen weiter durch den dunklen Wald und hatten das Gefühl, dass sie beobachtet wurden. „Wir müssen gleich da sein", sagte der Schlossherr. Bald war auch schon die Ruine zu sehen. Sie trauten sich kaum noch zu atmen.

Da hörten sie auch schon ein gruseliges
Schreien und Brummen.
Und aus den alten Steinmauern kam eine
finstere Gestalt herausgesprungen.

13
DIE ERLÖSUNG

Inzwischen war er wahnsinnig aggressiv.
Einer der Jäger hat sofort auf ihn
geschossen, aber nicht getroffen. Der
Zombiebär sprang den Mann an und warf
ihn mit Gewalt auf den Boden. Verletzt
blieb er liegen. Das Scharfschützengewehr
fiel auf den Boden. Schnell hob es der
andere Jäger auf und mit einem
Kopfschuss erlegte er den Bären. Er war
sofort tot.

Endlich war es vorbei. Der Zombiebär war
besiegt. Die Menschen waren froh, doch
sie wussten, dass sie diese schlimmen
Erlebnisse nie wieder vergessen werden.

14
DOCH WIE WURDE DER BÄR ÜBERHAUPT ZU EINEM ZOMBIEBÄREN?

Eines Tages kamen zwei betrunkene Männer am Fluss vorbei. Sie haben sich verlaufen, eigentlich wollten sie woanders hin. Aber der Fluss gefiel ihnen so gut, dass sie angezogen hineinsprangen. Sie hatten viel Spaß, doch kamen auf sehr schlimme, dumme Gedanken. Sie warfen ein Paket mit giftigem Inhalt in den Fluss. Rasch verbreitete sich das Gift und war entscheidend für das Schicksal eines kleinen Bären. Der Bär war sehr durstig und trank viel von dem Wasser. Es dauerte nicht lange, da musste er sich übergeben. Das Gift machte ihn sehr krank.

Je älter er wurde, desto mehr veränderte sich sein Gehirn, bis er am Ende ein Zombiebär war und alle Lebewesen töten wollte, die ihm in die Quere kamen.

ENDE